Waarom we elkaar altijd twee keer ontmoeten

Het begin van het einde

Jessica Hints

Verenigde Staten
2024

Afdruk

Titel van het boek: Waarom we elkaar altijd twee keer ontmoeten
Ondertitel boek: Het begin van het einde
Auteur: Jessica Hintz

Auteur: Jessica Hintz
Contact: boxingboy898337@gmail.com

INHOUD

DE SCOOTER-ONTMOETING

Sierra:

Ik werd onrustig. De patrouillewagen voelde als een rijdende gevangenis, en ik was bijna in slaap gevallen. Het was mijn laatste dag van de twee weken durende stage bij de politie, en ik kon het niet helpen dat ik er een beetje melancholisch over werd. Binnenkort zou ik terug naar huis gaan, naar mijn ouders en twee jongere broers. Ik kon mijn 18-jarige broer ook niet vergeten, die thuis altijd lawaai maakte. Desondanks was er één persoon die het idee om te vertrekken iets makkelijker maakte: mijn beste vriendin, Leyla. Op dat moment logeerde ik bij mijn grootouders. Mijn oom en tante woonden in de buurt met hun vier kinderen, en mijn oom werkte bij de politie, waardoor ik deze stage überhaupt kreeg.

Terwijl we door de hoofdstraat reden, staarde ik volkomen verveeld uit het raam. Het landschap leek een waas van huizen, straten en een treinstation. Hetzelfde oud, hetzelfde oud. Maar toen, plotseling, trok iets mijn aandacht. "Wij kopen het!" Lenni's stem doorbrak de eentonigheid en ik keek verbaasd omhoog. Er reed een scooterrijder door de straat. Eindelijk iets dat niet alleen maar huizen waren!

We maakten een scherpe bocht naar een parkeerplaats en gaven de scooterrijder een teken dat hij moest stoppen. "Rijbewijs en voertuigdocumenten alstublieft!" riep Lenni met zijn strenge politiestem. De jongeman spotte met een ruwe en karaktervolle stem, waardoor ik een rilling over mijn rug kreeg. Het zuidelijke accent was dik, maar er was iets anders in zijn toon dat ik niet helemaal kon plaatsen. Hij rukte zijn helm af en mijn adem stokte in mijn keel. Een ogenblik struikelde ik bijna over mijn eigen voeten toen ik hem naderde.

Ik herstelde snel en dwong mezelf om me te concentreren. Hij was ongelooflijk aantrekkelijk, met gitzwart haar, een huid die naar zijn zuidelijke wortels deed denken, en ogen die precies het tegenovergestelde waren van wat ik had verwacht. In plaats van het warme chocoladebruin dat ik verwachtte, kreeg ik doordringende ijsblauwe ogen die leken te glinsteren van nieuwsgierigheid en verrassing. Hij kon niet ouder zijn dan zeventien, maar door de manier waarop hij zich gedroeg leek hij veel volwassener. Hij was zo'n 1,80 meter lang en zijn gespierde bouw maakte duidelijk dat hij niet iemand was om mee te rotzooien. En toch was hij daar, naar me grijnzend met een brutale, bijna ondeugende glimlach die perfect witte tanden liet zien.

Ik kon het niet laten om terug te grijnzen, passend bij zijn brutale uitdrukking. Ik wierp een blik op zijn scooter en moest een glimlach onderdrukken. Het was duidelijk dat zijn rijgedrag grondig was aangepast; mijn neef had me onlangs laten zien hoe zo'n scooter eruitzag als hij op het maximale was afgesteld. Ik tikte op de zijkant van zijn scooter en mompelde: 'Mooie scooter.'

Hij wierp me een blik toe die duidelijk zei: 'Zeg niets', maar de boodschap was te duidelijk om te missen. Ik trok op zijn beurt een wenkbrauw op en daagde hem in stilte uit om mij uit te dagen. Zijn ogen gleden tussen mij en de scooter, duidelijk onzeker over wat ik nu zou gaan doen. De gedachte schoot door mijn hoofd: moet ik hem aangeven? Moet ik me aan de regels houden, of hem een pauze gunnen? Mijn innerlijke discussie woedde voort, maar uiteindelijk besloot ik dat het mijn 'sociale dag' was, en dat ik niet degene zou zijn die zijn plezier zou verpesten.

Zijn blik was nog steeds intens, wachtend op mijn beslissing. Ik liet hem even koken voordat ik uiteindelijk mijn hoofd schudde en hem een warme glimlach toevertrouwde. Opluchting overspoelde hem en ik kon de spanning bijna van zijn schouders zien verdwijnen. Lenni, die het moment opmerkte, riep: 'Is alles in orde?'

Ik kon het sarcasme in mijn stem niet weerstaan toen ik antwoordde: "Ja, alles is volkomen normaal!" Lenni leek het te geloven, hoewel de jongen naast me me nog steeds argwanend aankeek en zich waarschijnlijk afvroeg of ik op het punt stond hem te verraden.

Ik liep om de scooter heen en nam de tijd om hem te inspecteren. Ik stond naast de jongen en zei luid genoeg zodat hij het kon horen: 'Je hebt geluk dat het mijn sociale dag is, anders verlies je je rijbewijs en je scooter. Dus speel aardig." Hij grijnsde naar mij, een glinstering van geamuseerdheid in zijn ogen. "Hoe weet je dat er iets mis is met mijn scooter?"

Ik kon het niet laten om lief te glimlachen. 'Nou, laten we zeggen dat ik genoeg opgevoerde scooters heb gezien om er een te herkennen als ik hem zie.' Zijn uitdrukking veranderde, zowel verrast als onder de indruk dat een meisje als ik zoveel van scooters wist.

Ik liep terug naar Lenni en zei tegen hem: "Het is allemaal goed!" in de hoop dat hij niets zou vermoeden. Hij knikte even en gaf de documenten van de jongen terug, die ze met zichtbare opluchting oppakte. Hij keek me nog steeds met dankbaarheid in zijn ogen aan, hoewel ik moest vechten om mijn lach te onderdrukken.

Lenni zwaaide naar de jongen en verontschuldigde zich voor de stop, voordat ze terugkeerde naar de auto. Ik stond daar en wist plotseling niet wat ik moest zeggen. Normaal gesproken kwam ik nooit woorden tekort, maar voor deze jongen staan voelde anders. Hij glimlachte naar me, het soort glimlach dat zelfs de saaie, bewolkte lucht leek op te fleuren. Zijn blauwe ogen fonkelden terwijl hij zei: 'Dank je. Bedankt dat je me niet hebt aangegeven. Dat betekent veel voor me.'

Ik knipperde met mijn ogen, verrast door zijn oprechtheid. Zonder na te denken flapte ik eruit: 'Wauw, een Italiaanse machoman die weet hoe hij dankjewel moet zeggen. Dat had ik nooit verwacht!" Hij grinnikte en ik zag het plezier in zijn ogen dansen.

'Nou, misschien komt het omdat ik niet alleen maar een Italiaan ben,' zei hij, terwijl zijn glimlach speelser werd. 'Ik zal je nogmaals bedanken. Hopelijk ontmoeten we elkaar ooit nog eens."

Daarmee zette hij zijn helm op, stapte op zijn scooter en snelde weg, terwijl hij nog een laatste keer naar me zwaaide. Ik bleef daar een ogenblik staan en voelde een vreemde warmte door mij heen stromen, alsof zijn aanwezigheid een indruk op mijn dag had achtergelaten.

Terwijl ik terugliep naar de patrouillewagen, glipte ik op de passagiersstoel, nog steeds een beetje verdwaasd door de ontmoeting. Ik had geen idee wie die jongen was, maar op de een of andere manier voelde ik me bij hem op mijn gemak, iets wat ik zelden voelde bij vreemden. Ik kon niet wachten om Leyla over de ervaring te vertellen.

Lenni's stem bracht me terug naar de realiteit. 'Nog een stop, en wederom niets interessants,' zei hij met een zucht. Maar ik kon het niet laten om in mezelf te grijnzen. We hadden vandaag zeker iets gevonden, al had Lenni daar natuurlijk geen idee van.

Cadeau:

Ik was compleet verbijsterd. Ik had nooit gedacht dat ik hem nog eens zou zien, en toch stond hij daar, vlak voor onze klas, met een verveelde blik om zich heen kijkend. De schok trof me hard en een moment kon ik het niet helemaal geloven. Ik herinnerde me de eerste keer dat we elkaar ontmoetten nog alsof het gisteren was gebeurd, ook al was het bijna anderhalf jaar geleden. Destijds wilde ik hem heel graag weer zien, maar dat gebeurde nooit, ondanks dat ik en mijn beste vriendin Leyla het perfecte plan hadden om het te laten gebeuren.

Leyla was altijd mijn beste vriendin geweest, lang voordat ik verhuisde. We hebben elkaar eigenlijk ontmoet via mijn neef. Ze had al twee maanden een relatie met hem, maar het was niet goed gekomen tussen hen. Vanaf dat moment waren Leyla en ik onafscheidelijk. We waren als zielsverwanten en wisten altijd precies hoe elkaar zich voelde, zelfs zonder een woord te zeggen. Zelfs nu voelde ik haar blik op mij gericht, haar vragende blik die door de schok op mijn gezicht heen sneed. Ik keek haar aan, nog steeds met grote ogen, en ze wist meteen wat ik dacht. De jongen die voor de klas stond, was dezelfde die ik na die eerste ontmoeting zo graag nog eens had willen zien.

Ik bestudeerde hem aandachtig en probeerde de veranderingen in me op te nemen. Hij was anders, maar toch in veel opzichten hetzelfde. Zijn zwarte haar was nog steeds zo mooi als ik me herinnerde, hoewel het nu wild over zijn voorhoofd hing op een manier die zowel koel als rebels was. Het zag er moeiteloos uit, bijna alsof het toebehoorde aan iemand die niet om regels gaf, iemand die op de rand floreerde. Maar er was ook iets waardoor hij afstandelijk leek, bijna alsof hij een last droeg.

Zijn ogen waren hetzelfde doordringende ijsblauw dat mij vanaf het begin had geboeid. Maar nu was er iets meer aan de hand, iets donkerder. Zijn gezicht, ooit gevuld met leven, leek nu bijna leeg en onderdrukte elke emotie. En toch kon ik in zijn ogen de vage sporen van pijn, lijden en woede zien. De verandering in hem was onmiskenbaar. Ooit had hij geluk en vreugde uitgestraald, maar nu kon ik alleen maar een diep, zwaar verdriet voelen.

Wat was er met hem gebeurd? Wat zou zo'n drastische verandering kunnen hebben veroorzaakt? Mensen transformeren niet zomaar, tenzij iets monumentaals hen heeft geschokt. Hij was altijd al sterk geweest, maar nu leek hij nog gespierder – als dat al mogelijk was. Zijn lichaam leek uit steen gehouwen, en zijn gezicht... nou ja, het was het soort gezicht dat zelfs Adonis jaloers zou maken. Het viel niet te ontkennen: hij was nu gevaarlijk. De uitstraling om hem heen was bijna dreigend, en ik kon niet anders dan denken dat als hij ooit moest vechten, hij zou winnen, zonder dat er vragen zouden worden gesteld.

Ik staarde hem aan, niet in staat mijn ogen af te wenden. Zijn uitdrukking was onleesbaar, hard en bijna arrogant. Er hing nu een gevoel van superioriteit over hem heen, een neerbuigende houding die suggereerde dat hij veel had meegemaakt en met een chip op zijn schouder naar de andere kant was gekomen. Soms was het bijna beangstigend.

Leyla stootte me scherp aan en herinnerde me eraan dat ik veel te lang naar hem had zitten staren. Ik ontwaakte uit mijn trance, voelde me een beetje beschaamd, en richtte mijn blik snel weer naar voren. Onze lerares, mevrouw Walter, riep de jongen op om zichzelf voor te stellen. Hij knikte nonchalant, terwijl diezelfde ondeugende grijns om zijn mondhoeken speelde. Het was het soort grijns dat je vertelde dat hij iets van plan was, iets gevaarlijks, en even kon ik het niet laten om me af te vragen hoeveel hij veranderd was in de tijd sinds ik hem voor het laatst zag.

De school van uitdagingen

Lodewijk:

Waar ben ik verdomme? Mijn vader wilde heel graag dat ik weer naar school ging, maar deze plek? Ernstig? Hij bedoelt het altijd goed, maar deze school is voor mij praktisch nutteloos. Er is hier bijna niets dat van enig echt nut zou kunnen zijn, behalve misschien, en ik zeg misschien, dat ik wat plezier zou kunnen hebben met het ophalen van een paar meisjes. Dat is iets om later over na te denken, maar voor nu moet ik mezelf waarschijnlijk voorstellen aan de groep mensen die naar me staren. Laten we deze plek een beetje opschudden.

'Eigenlijk valt er niet veel te zeggen,' begon ik, terwijl ik de ogen van de hele klas op mij voelde gericht. 'Ik ben Lodewijk. Ik ben net 18 geworden en mijn vader vindt het een goed idee dat ik weer naar school ga. Dus hier ben ik. Als ik er niet ben, besteed ik mijn tijd aan het dealen van drugs, en de rest van mijn tijd wordt gevuld met waar mijn vrienden en ik ook mee bezig zijn. En ja, ik heb nog steeds veel plezier met vrouwen... maar ik ben daar niet echt kieskeurig in.'

Ik wierp de klas een duivelse grijns toe en richtte mijn aandacht vervolgens op mevrouw Walter, die haar in de gaten hield. Eigenlijk was ze niet zo slecht. Ik schat dat ze rond de 29 was, maar door haar kleding zag ze er veel ouder uit. Haar lichaam was redelijk, maar ik zou liever voor meisjes gaan die dichter bij mijn leeftijd zijn. Mevrouw Walter schraapte haar keel in een poging de controle over de klas terug te krijgen en vroeg of iemand nog vragen had. Een tiental meisjes schoten onmiddellijk hun handen omhoog. Dat vond ik leuk.

Ik scande de klas en keek toen naar het eerste meisje dat ik zag. "Heb je een vriendin?" ' vroeg ik met een ondeugende grijns.

"Nee, nu niet. Maar ik sta open voor plezier. Als de juiste langskomt, zal ik misschien genoegen nemen. Maar ik geloof niet in ware liefde."

Voordat ik kon reageren, hoorde ik enkele hatelijke opmerkingen van de achterste rij. Ik draaide me om en zag twee meisjes giechelen, die me duidelijk voor de gek hielden. Eén van hen kwam me bekend voor, maar ik kon haar niet helemaal plaatsen. Ze hief haar hoofd op en ving mijn blik op met een sluwe glimlach. Toen stak ze haar hand op. Ik trok een wenkbrauw op.

'O nee, sorry, maar dat is een beetje te persoonlijk voor een vraag,' zei ik, terwijl ik deed alsof ik haar van de hand wilde wijzen.

Ze grijnsde, onaangedaan. "Nee, het is prima. Ik zal de vraag stellen, en jij kunt beslissen of het te persoonlijk is.

Zij en haar vriendin wisselden blikken uit, en toen sprak het meisje met de sluwe glimlach. "Sinds wanneer hebben Italianen ijsblauwe ogen?"

De vraag overrompelde me, maar dat liet ik niet blijken. "Hoe ben je daarop gekomen?" vroeg ik, alsof ik geïntrigeerd was.

Ze wisselden opnieuw blikken en grijnsden alsof ze hadden gewacht tot ik diezelfde vraag zou stellen. Leyla – zo heette ze – leunde naar voren en grijnsde. 'Nou, sinds wanneer hebben Italianen ijsblauwe ogen?'

Ik had verwacht dat ze zoiets zou zeggen, dus grijnsde ik en schoot terug: 'Nou, als ik bruine contactlenzen zou dragen, zou ik op zijn minst een deel van mijn nationaliteit kunnen ontkennen.'

Leyla leek helemaal niet verrast, alsof ze precies wist wat ik ging zeggen. Een stem uit de achterste rij riep: 'Waar kom jij dan vandaan?'

Ik gaf ze een arrogante grijns. "Zoals Leyla zei: ik heb vooral Italiaanse roots, maar ik heb ook wat Amerikaans en Fins bloed in me."

Leyla's mond viel open. Het andere meisje was bijna in tranen van het lachen. Toen schraapte mevrouw Walter, van wie ik helemaal was vergeten dat ze zelfs nog in de kamer was, haar keel en zei: 'Dat zijn voorlopig genoeg vragen. Je hebt voldoende tijd om elkaar te leren kennen. Maar niet in mijn klas. Je kunt naast Tiffany gaan zitten.'

Tiffany was het meisje dat naast mij zat. Ze zag eruit als een typisch mooi meisje, maar ik had er al zin in om het beste uit deze hel van een school te halen.

Ik ging naast Tiffany zitten en toen merkte ik dat ik naast het meisje zat dat naast Leyla zat. Leyla keek me aan alsof ze een geest had gezien, nog steeds aan het verwerken wat er zojuist was gebeurd. Haar vriendin – die ook nog eens prachtig was – kon haar lach niet inhouden en viel bijna van haar stoel.

Toen, alsof alles nog niet ingewikkeld genoeg was, ging de deur open en kwam er een andere knappe man binnen. Blijkbaar waren de twee meisjes naast me gekalmeerd omdat ik Leyla luid tegen haar vriendin hoorde sissen: 'O geweldig, we kunnen Ik krijg niet eens één dag vrede van hem. Wat is het volgende, een bus die hem overrijdt?'

Ik draaide me om om de nieuwe man te zien en begreep niet wat het probleem was. Hij zag eruit als een model, omdat hij hardop huilde. Meisjes zouden waarschijnlijk over hem heen vallen, net zoals ze bij mij deden. Hij had zwart haar, was lang, gespierd en, te oordelen naar zijn accent en uiterlijk, waarschijnlijk ook Italiaans. Maar toen hij sprak, viel mij nog iets anders op: zijn lichtgrijze ogen.

Hij glimlachte en zei: 'Eindelijk iemand die het snapt! Mag ik naast je komen zitten?"

Ik grijnsde en knikte. Mevrouw Walter leek er niets om te geven, ze maakte waarschijnlijk aantekeningen of zoiets. De nieuwe man liep naar achteren en fluisterde iets tegen Tiffany, die plotseling geschokt keek en naar een andere stoel ging zitten.

'Hé, ik ben Ryan. Cool om hier nog een Italiaan te hebben!" zei hij.

Ik grijnsde terug en zei: "Ja, deze plek is zojuist een beetje interessanter geworden."

Ryan ging zitten en ik hoorde Leyla naast me kreunen. Ryan boog zich naar me toe en begroette me met een grijns. 'Hé Sierra, Leyla!'

Sierra, het andere meisje, begroette hem terug, maar Leyla keek hem aan alsof ze hem wilde wurgen. Haar ogen waren koud als ijs en ze keek me walgend aan. Maar Sierra daarentegen keek me nieuwsgierig aan, en het voelde alsof ze me inschatte.

Ryan leunde achterover en draaide zich naar mij toe, met een ondeugende glinstering in zijn ogen. "Dus, wat heb je nog meer naast Italiaanse roots?"

Ik trok een wenkbrauw op. "Half Italiaans, een kwart Amerikaans en een kwart Fins."

Ryan grijnsde. "Leuk. Geen wonder dat Leyla je niet kan uitstaan.'

Ik was in de war. "Wacht, wat bedoel je?"

Ryan grijnsde alsof hij alle antwoorden had. 'Je wist het niet? Leyla is ook half Fins, en ze denkt niet dat uitschot zoals wij tot dezelfde nationaliteit behoort als zij.'

Mijn ogen werden groot. 'Leyla is half Fins? Ze ziet er niet uit."

Ryan grinnikte. "Ze verbergt het goed. Maar geloof me, ze heeft het in zich."

Ik keek weer naar Leyla. Het leek alsof ze geen Fins bloed in zich had, maar aan de andere kant hield ze zichzelf afgesloten. Haar vriendin Sierra was echter een ander verhaal. Ze leek meer open, maar nog steeds op haar hoede. Ryan bleef praten.

'Sierra is ook een lastige. Ze heeft een harde schaal, maar er is iets met haar. Ze is eerder gewond geraakt, en nu draait het erom haar cool te spelen. Maar probeer niets. Je wilt niet met haar rotzooien.'

Ik kon er niets aan doen. Ik was geïntrigeerd. 'Ik zal haar de mijne maken. Over twee maanden heb ik haar in bed.'

Ryan lachte. "Jij? Man, je weet niet waar je mee te maken hebt. Al mijn vrienden probeerden het en faalden. Maar als het je lukt, zal ik onder de indruk zijn. Wat krijg ik als je het niet voor elkaar krijgt?'

Ik dacht even na. "Wie verliest, moet voor de ander een nieuwe motorfiets kopen."

Ryans grijns werd breder. 'Je mikt hoog. Oké, de weddenschap is gesloten.'

Ik begon me af te vragen in wat voor rotzooi ik terecht was gekomen. Maar ik was niet van plan om nu terug te vallen. Dit ging leuk worden.

Sierra:

Het was behoorlijk verbazingwekkend om mijn nieuwe oude vriend naast me te zien zitten. Het voelde bijna onwerkelijk, alsof ik naar hem moest blijven kijken om er zeker van te zijn dat ik niet droomde. Maar hoe groot het ook was, er was een groot probleem. Ryan had besloten naast hem te gaan zitten, wat betekende dat hij ook praktisch naast Leyla zat. En daar zat ik dan, tussen hen in, waardoor ik het gevoel kreeg dat ik midden in een tikkende tijdbom zat. Het hielp niet dat Leyla en Ryan altijd een voortdurende spanning hadden, vooral als het erom ging dicht bij elkaar te zijn. Ze hadden alle lessen bij elkaar en Leyla zorgde er altijd voor dat ze zo ver mogelijk bij hem vandaan zat. Ryan daarentegen was altijd op zoek naar manieren om met haar in discussie te gaan, ook al kon ze hem niet uitstaan. Het was alsof ze voorbestemd waren om te botsen.

Ik kon echter al merken dat er iets niet klopte. Leyla was woedend van binnen en deed haar best om niet te ontploffen. Haar ogen waren bijna schietende dolken, en ik wist dat iedereen die op dat moment haar pad durfde te kruisen, een moeilijke tijd zou tegemoet gaan. Ik keek haar even aan, wetende dat niets haar kon tegenhouden als Leyla boos was.

Leyla en ik waren als zussen sinds ik haar via mijn neef ontmoette. Het was een band die we meteen vormden, en sindsdien waren we onafscheidelijk. Ze had haar zusje verloren toen ze nog maar vier was, en hoewel het iets was dat zwaar op haar drukte, kreeg ze nooit echt de kans om het te verwerken. Ze had een broer, maar vergeleken met mij, die gezegend was met twee jongere broers en een oudere broer die nu op de universiteit zat, was Leyla's gezinssituatie een beetje anders.

Nu zou je kunnen denken dat Leyla en ik heel veel vriendjes hadden, maar dan heb je het helemaal mis. Mijn neef was al een tijdje met Leyla uit, maar het lukte niet en ze gingen op goede voet uit elkaar. Wat mij betreft, mijn eerste vriendje was eigenlijk de beste vriend van mijn neef. Het duurde echter niet lang en hij verhuisde uiteindelijk. Een tijdje dacht ik dat Leyla misschien gevoelens voor Ryan had, en daarom maakte ze altijd ruzie met hem, maar ik wist het niet meer zo zeker. Ze koesterde een bijzondere haat tegen iedereen die bevriend raakte met Ryan, vooral als het Fins was. Iedereen in die kring stond automatisch op haar hitlijst.

Maar zelfs ik wist niet meer wat er aan de hand was. Ze had een enorme ruzie met Ryan gekregen over iets belachelijks, en ik wist niet eens zeker of ze deze keer ongelijk had. De bel ging, wat de pauzetijd aangaf, en we liepen naar de cafetaria.

Als Leyla boos op iemand werd, had ze het uithoudingsvermogen van een marathonloper. Vandaag was ze bezig met een van haar tirades, waarbij ze maar doorging over hoe idioot Ryan was en waarom hij in godsnaam het lef had om naast haar te zitten en met haar te praten. Ik grijnsde alleen maar naar haar en knikte mee, zodat ze haar hart kon luchten. Ik wist dat het een tijdje zou duren voordat ze alles uit haar systeem zou hebben.

Toen we bij de cafetaria aankwamen, was deze nog niet helemaal klaar, maar werden we onderbroken door twee bekende idioten die vlak voor ons stonden. Als Leyla boos op iemand was, kon je hem het beste de komende 24 uur vermijden, tenzij je je leven wilde riskeren. En het feit dat een van hen Ryan was, hielp daar niet bij.

"Heb je het over ons?" vroeg Ryan. Zijn stem druipt van arrogantie. Ik probeerde tussenbeide te komen en was van plan Leyla uit de cafetaria te sleuren, maar Leyla had daar geen zin in. Ze was vastbesloten om met hen om te gaan.

'Ja natuurlijk, Ryan, de wereld draait om jouw stomme kleine ego. Ik zou graag willen dat je stikt in je domme opmerkingen, klootzak!' snauwde Leyla, haar woede duidelijk. En daarmee was de storm officieel begonnen, en er was geen houden meer aan.

Ryan vroeg duidelijk verbijsterd: 'Waarom hebben jullie altijd ruzie?'

Voordat ik zelfs maar kon reageren, was ik al in een slecht humeur. Ik siste tegen hem: 'Alsof dat jouw zaak is, en waarom praat je in godsnaam zelfs tegen mij?'

Ryan, zichtbaar geïrriteerd, probeerde het van zich af te zetten. "Wauw, rustig aan! Het was maar een klein vraagje!"

Ik schoot terug: 'Rustig aan? Terwijl Leyla en Ryan dit jaar voor de zoveelste keer ruzie hebben? Ja, dat lijkt me een goed idee."

Mia Bella, een stem onderbroken, sprekend met een zacht Italiaans accent: 'Het leven is te kort om boos te zijn over je vrienden.'

In eerste instantie voelde ik me gevleid, maar daarna werd ik boos op mezelf omdat ik me zo voelde. Waarom was ik zo gecharmeerd van zijn woorden? Misschien had ik op school Italiaans moeten volgen in plaats van Spaans.

'Wat denk je dat je aan het doen bent, mij vertellen wat ik moet doen? En wat is er met de 'Mia Bella'-onzin?" Ik schreeuwde tegen hem, volkomen geïrriteerd.

Net toen ik op het punt stond het te verliezen, klonk er een schreeuw van woede, en iemand greep me vast en trok me de cafetaria uit. Ik kreunde innerlijk. Geweldig, nu moest ik Leyla hier de hele dag over horen tieren.

Toen we de cafetaria uit waren, kwamen we mijn neef en zijn vriend Lucas tegen. Lucas was enorm verliefd op Leyla, maar ze had geen interesse in hem. Ze gaf hem een snelle duw en rende, nog steeds rokend, naar onze kluisjes.

Mijn neef keek me met medelijden in zijn ogen aan en vroeg: 'Weer Ryan?'

Ik rolde met mijn ogen, duidelijk beu. Iedereen was op de hoogte van de voortdurende ruzies tussen Leyla en Ryan.

Hij knikte meelevend en zei: 'Veel succes', voordat ik achter Leyla aan ging.

Op dat moment wist ik dat de rest van de dag lang zou worden, gevuld met eindeloze spanning en ruzie, en dat ik waarschijnlijk middenin dit alles zou blijven steken.

Lodewijk:

Ik wierp een blik op Ryan, die daar met een zelfvoldaan gezicht zat en recht voor zich uit staarde. Benieuwd naar de spanning tussen hem en Leyla, besloot ik het te vragen. 'Waarom hebben jij en Leyla altijd ruzie?' Ik vroeg het, in de hoop enig inzicht te krijgen in de situatie. Omdat ik niets uit Sierra had kunnen halen, zou Ryan misschien meer openhartig zijn.

Ryan haalde nonchalant zijn schouders op, nog steeds met die zelfvoldane blik op zijn gezicht. 'Zo is het nu eenmaal tussen ons. Zo is het altijd geweest,' zei hij op nonchalante toon.

Ik was niet overtuigd. 'Er moet meer aan de hand zijn dan dat,' drong ik aan, benieuwd naar wat hij te zeggen had. Zijn antwoord was ontwijkend, maar ik was vastbesloten om het tot op de bodem uit te zoeken.

Ryan leek even te aarzelen voordat hij weer iets zei, en toen hij dat deed, verrasten de woorden die eruit kwamen mij. 'Nou, we waren eigenlijk beste vrienden op de basisschool,' begon hij, terwijl er een ondeugende glans in zijn ogen verscheen. "Maar toen heb ik haar een keer aan de hele school getoond, en sindsdien haat ze me. Ik vind het heel grappig om nu met haar in discussie te gaan."

Ik kon niet geloven wat ik hoorde. "Beste vrienden?" herhaalde ik en mijn stem klonk vol ongeloof. De woorden leken onmogelijk te rijmen met de vijandigheid tussen hen. 'Maak je een grapje? Ik heb altijd het gevoel gehad dat ze je liever dood zou zien!' Mijn geest raasde en probeerde te verwerken wat Ryan zojuist had toegegeven. Hoe kon hij beste vrienden met haar zijn geweest en vervolgens zoiets wreeds hebben gedaan?

Ryan, schijnbaar geamuseerd door mijn reactie, glimlachte sluw naar me, maar leek me ook even aan te kijken, misschien in een poging te peilen of ik iemand was die hij in vertrouwen kon nemen. Hij keek naar de grond, een gebaar dat vreemd aanvoelde. plek voor iemand als hij – typisch de zelfverzekerde, eigenwijze Italiaan.

'Ik vertel het je wel een andere keer,' mompelde hij binnensmonds, terwijl hij snel weer in zijn gebruikelijke macho-houding verviel. Zijn grijns keerde terug en hij keek me aan met een air van nonchalant vertrouwen. 'Hoe dan ook, ik zal je aan mijn vrienden voorstellen.'

Nog steeds bezig met het verwerken van zijn woorden, knikte ik, een beetje in de war door het hele gesprek. Wat was er tussen hem en Leyla gebeurd dat hun relatie zo giftig maakte? Ik volgde Ryan naar een nabijgelegen tafel waar zijn vrienden zaten, terwijl mijn hoofd wervelde van de vragen. Er zaten kennelijk maar zes andere Italianen op deze school, Ryan en ik meegerekend. Vier van hen zaten een jaar onder ons, en de andere twee, die zichzelf voorstelden als Paco en Antonio, zaten in onze klas.

Terwijl Ryan naar zijn vrienden zwaaide, kon ik het niet helpen dat ik me nog meer perplex voelde door het ingewikkelde web van relaties om me heen. De mysteries over Ryan en Leyla, Sierra en zelfs mijn eigen rol in dit alles begonnen zich op te stapelen. Zou ik ooit de antwoorden krijgen waarnaar ik op zoek was? Of was ik voorbestemd om verstrikt te blijven in de chaos van hun leven?

Sierra:

Toen ik Leyla bij onze kluisjes inhaalde, vond ik haar op de grond zitten, haar blik in de verte gericht, een uitdrukking van ergernis op haar gezicht. Zonder een woord te zeggen ging ik naast haar zitten, waardoor ze de ruimte kreeg om haar gedachten te ordenen. De stilte tussen ons was zwaarder dan ik had verwacht. Ik merkte echter dat er iets anders op haar gedachten drukte — iets dat veel dieper ging dan alleen de voortdurende ruzies met Ryan. Het was duidelijk dat we al een tijdje niet de tijd hadden genomen om echt te praten.

"Wat is er aan de hand?" vroeg ik met een zachte maar bezorgde stem.

Leyla keek me aan, haar lippen krulden zich in een flauwe glimlach. 'Je hebt gelijk. Het ligt niet alleen aan Ryan. Hij is al die ophef niet waard.' Haar stem was doorspekt met een droefheid die ik niet kon negeren. "Maar je hebt ook gelijk, er is meer aan de hand dan dat."

Ik trok een wenkbrauw op en wachtte tot ze verder zou gaan. 'Oké, vertel het me dan. Wat is er aan de hand?'

Ze zuchtte en liet haar schouders hangen van frustratie. 'Het is niet alleen Ryan,' zei ze zachtjes, haar stem nauwelijks boven fluisteren. "Mijn ouders hebben gehoord van onze dagelijkse ruzies, en nu willen ze met de directeur praten of, erger nog, me naar een kostschool sturen. Maar dat is nog niet eens het ergste. Mijn broertje wordt elke dag gepest school, en mama en papa lijken er helemaal niets om te geven." Ze keek de andere kant op, alsof het gewicht van dit alles te zwaar was geworden om te dragen.

Ik staarde haar geschokt aan. Kostschool? Leila? Ik kon me niet voorstellen dat ze zou worden weggestuurd, niet nu, niet toen ik haar het meest nodig had. De gedachte om mijn laatste jaar tegemoet te gaan zonder haar aan mijn zijde voelde als een ondraaglijke toekomst.

'Wacht,' slaagde ik er uiteindelijk in, mijn stem trilde. 'Ze kunnen je niet naar een kostschool sturen, Leyla. Je kunt niet gaan.'

Ze glimlachte zwakjes. 'Ik weet het. Ik heb hetzelfde gevoel. Maar het is niet zo dat ik er iets over te zeggen heb.'

Ik voelde mijn hart bonzen in mijn borst, maar ik probeerde het te maskeren met een zucht en spoorde haar aan om door te gaan.

'Oké, ik heb je mijn dingen verteld,' zei Leyla, terwijl ze van onderwerp veranderde en haar ogen samenknepen. "Nu is het jouw beurt. Wat is er met je aan de hand?"

Ik aarzelde even, omdat het gewicht van mijn eigen strijd plotseling zwaarder voelde dan normaal. 'Mijn ouders zitten me altijd achter de feiten aan als het om mijn cijfers gaat,' begon ik. De woorden kwamen eruit voordat ik ze kon tegenhouden. "Ze vergelijken mij altijd met mijn oudere broer. Hij was perfect, deed altijd alles. Ze denken dat ik lui ben, snel afgeleid ben en gewoon niet hard genoeg mijn best doe. En mijn oudere broer? Hij helpt niet. In plaats van mij te steunen, steunt hij mij niet." pest me gewoon, maakt alles nog erger. Soms zou ik willen dat hij ver weg ging studeren en mij met rust liet.'

Er viel een lange stilte en ik voelde mijn woorden tussen ons in de lucht hangen. Ik had me nog nooit zo opengesteld voor iemand, maar bij Leyla voelde het goed. Zij was de enige die het echt begreep.

Het plotselinge luiden van de bel haalde mij uit mijn gedachten. We kreunden allebei, omdat we beseften dat het tijd was om naar de les te gaan. De dag begon nog maar net en het voelde nu al alsof hij zijn tol van ons had geëist.

Leyla stond zuchtend op en veegde haar handen af aan haar spijkerbroek. 'Shit,' mompelde ze binnensmonds. Ik kon het niet laten om te grinniken; haar botheid wist mij altijd te laten glimlachen, zelfs als de zaken er somber uitzagen.

We gingen snel naar onze volgende les: Geschiedenis. Het onderwerp waar we allebei meer dan wat dan ook een hekel aan hadden. Het was niet alleen omdat het ons tot tranen toe verveelde; het kwam ook omdat we altijd het gevoel kregen dat de leraren ook niet veel om ons gaven. Vandaag had ik het gevoel dat onze relatie met deze klas op het punt stond een slechtere wending te nemen.

Toen we binnenkwamen, werden we opgewacht door onze leraar, de heer Mittermaier, die geen tijd verspilde met het bespreken van onze late aankomst. 'We hebben onze vrijwilligers al,' kondigde hij met een strenge blik aan. 'Jullie dames kwamen te laat, en deze twee heren' – hij wees naar Ryan en een andere jongen die ik niet herkende – 'hebben genoeg gedaan om mijn les te verstoren. Jullie gaan een gezamenlijke presentatie geven, en ik zal jullie laten weten wat de onderwerp even."

Leyla's mond viel open en ik voelde mijn eigen maag ineenkrimpen. Deze dag kon toch niet erger worden?

"Nee!" riep Leyla ongelovig uit. Ik herhaalde haar gedachten met een geschokt gepiep. Presenteren met Ryan? Het was al erg genoeg om tijd met hem door te brengen in de klas, maar nu moesten we samenwerken? Ik voelde de spanning al toenemen en ik wist dat er niets goeds uit zou voortkomen.

Ik keek om me heen en probeerde de situatie te verwerken. Aan de ene kant was het goed dat Leyla en ik gingen samenwerken, maar dat compenseerde niet dat we met Ryan te maken zouden krijgen. Elke keer dat die twee zich binnen anderhalve meter van elkaar bevonden, knetterde de lucht van vijandigheid. En tot overmaat van ramp werkte ik nu samen met de 'nieuwe, oude man' - degene die zowel frustrerend als irritant aantrekkelijk was. Ik kon hem niet achterhalen, maar ik wist zeker dat dit project hoofdpijn zou opleveren.

We hadden geen andere keuze dan er een einde aan te maken, maar ik voelde me verscheurd. Als Leyla en ik tijdens de presentatie een verhitte discussie kregen, zou dit de vermoedens van haar ouders kunnen bevestigen en ertoe kunnen leiden dat ze wordt weggestuurd. Voor mij zou het falen hierin de toch al smeulende frustraties van mijn ouders over mijn academische prestaties alleen maar verder aanwakkeren. We konden ons geen van beiden veroorloven dat er iets mis zou gaan.

Ik keek naar Leyla, die mij nu onzeker aankeek. Haar gebruikelijke bravoure was vervaagd tot iets veel donkerder. Wat moesten we nu doen?

De stem van meneer Mittermaier onderbrak mijn gedachten en bracht me terug naar de realiteit. 'Als jullie dames eindelijk willen gaan zitten en ophouden met het verstoren van mijn les, kunnen jullie beginnen.' Het leek hem niet uit te maken dat we duidelijk niet blij waren met de regeling.

Leyla mompelde op haar gebruikelijke rebelse manier: 'Ja, zeker,' en liet zich in een stoel vallen, haar stem druipend van sarcasme. Ik ging naast haar zitten en we probeerden allebei een façade van onverschilligheid op te zetten, maar vanbinnen waren we allebei bang voor wat zou komen.

Toen we plaatsnamen, kon ik niet geloven hoe deze tweede week van het laatste jaar zich ontvouwde. Wat had ik gedaan om dit te verdienen? Dit zou ons laatste jaar zijn, het jaar waar we met trots op terug konden kijken, maar in plaats daarvan voelde het alsof alles uit elkaar viel.

Lodewijk:

Oh, deze man had echt het talent om alles het einde van de wereld te laten lijken. De les was nog maar net begonnen en ons werd al verteld over een grote presentatie. Eerst vroeg hij wie uit de klas vrijwilligerswerk wilde doen, en uiteraard meldden zich een tiental meisjes gretig aan. We stonden net op het punt de heetste en intelligentste eruit te pikken, toen uit het niets de deur openzwaaide en Leyla en Sierra binnenstormden. Nou, het leek erop dat meneer Mittermeier een openbaring kreeg, omdat hij met een dramatische bloei naar hen twee wees. De manier waarop ze reageerden kwam rechtstreeks uit een komische film. Leyla's mond viel open van ongeloof en Sierra slaakte een hoog, bijna lieflijk: 'Nee!' Maar er zat geen echte kracht achter haar woorden. Ze zagen er allebei uit alsof ze op het punt stonden flauw te vallen, hun ogen groot van schrik en angst, alsof ze zojuist vreselijk, levensveranderend nieuws hadden gekregen.

Intern kon ik ze bijna mentaal hun testament horen schrijven. En eerlijk gezegd, hoewel ik er niet blij mee was dat ik met hen tweeën tot een presentatie werd gedwongen, werkte het in mijn voordeel. Ik had tenslotte die weddenschap om over na te denken. Ik wierp een blik op Ryan en toen ik de blik op zijn gezicht zag, wist ik dat hij precies begreep wat ik dacht. Hij wierp me een zelfvoldane grijns toe, het soort dat hij altijd droeg als hij dacht dat hij iemand te pakken had.

Ondertussen instrueerde meneer Mittermeier, zich er nooit van bewust, de meisjes kalm om plaats te nemen, en op een surrealistisch moment begaven zowel Leyla als Sierra zich naar de bureaus, nog steeds verbijsterd in stilte. Sierra wierp mij een blik toe en ik ontmoette haar blik met een subtiele, samenzweerderige blik. O nee. Ik was niet van plan om binnen twee maanden een motorfiets voor Ryan te kopen, alleen maar vanwege een kleine weddenschap. Als de presentatie op de juiste manier wordt afgehandeld, kan dit mij van de haak slaan. Tenminste, zolang Ryan en Leyla elkaar niet uit elkaar begonnen te drijven. Ze zouden samen in een kamer moeten worden opgesloten totdat ze hun problemen hadden opgelost of elkaar hadden vermoord.

De les verliep in een tergend langzaam tempo. Ik zweer het, ik dacht minstens drie keer dat ik zou sterven van verveling voordat we eindelijk verder gingen met iets interessants. Na wat voelde als een eeuwigheid, werd ons verteld dat we naar voren moesten komen en ons onderwerp voor de presentatie moesten kiezen. "Alles over de Griekse mythologie." Echt? Wat was dat voor flauw onderwerp? Ik wierp een blik op de meisjes, die aantekeningen aan het schrijven waren alsof hun leven ervan afhing. Ondertussen vertrouwde ik op mijn hersenen en geheugen om me erdoorheen te helpen. Ik hoefde geen aantekeningen te maken; Ik had dit gedekt.

Leyla en Sierra, die er nog steeds uitzagen alsof hen zojuist was verteld dat ze zouden worden geëxecuteerd, maakten een poging om te vertrekken zodra de les voorbij was. Maar Ryan en ik hadden een ander plan en besloten dat we om drie uur in de bibliotheek zouden afspreken om dit allemaal af te ronden. Ik pakte Sierra's arm en ze draaide zich meteen om, haar ogen flitsten van verbazing en irritatie. "Wat wil je, en laat mijn arm nu meteen los!" siste ze, alsof ik haar zojuist in de val had gelokt. Ik grijnsde lui en zei: 'Allereerst: wees stil en luister, en ten tweede ontmoeten we elkaar om drie uur in de bibliotheek. En ten derde: geen ruzie.'

Voordat ze kon protesteren, draaiden Ryan en ik zich om en liepen weg, de twee meisjes in hun frustratie achterlatend. Ik wist dat dit niet gemakkelijk zou zijn, maar het was een noodzakelijk kwaad.

Verwarde paden

Sierra:

Nou, dat was een aankondiging die ik gemakkelijk zonder had kunnen doen. De hele situatie irriteerde me, maar het leek alsof we geen andere keus hadden dan erin mee te gaan. Leyla, die naast me zat, rolde met haar ogen op een manier die kon wedijveren met een professionele oogroller. Ze was zichtbaar woedend en het was duidelijk dat ze haar frustratie inhield, hoewel ik wist dat het niet lang zou duren voordat het allemaal naar buiten zou komen. We hebben de laatste paar lesuren doorgewerkt en de minuten afgeteld totdat we eindelijk bij de bibliotheek konden komen. Tegen de tijd dat om drie uur de bel ging, was ik klaar om dit achter de rug te hebben.

Vastbesloten om de stemming ook maar een beetje te verlichten, dacht ik dat ik misschien aan een stukje drop zou knabbelen, in de hoop dat het mijn ergernis zou kunnen beteugelen, hoewel het niet veel hielp. Leyla probeerde, zoals gewoonlijk, haar humeur onder controle te houden, maar laten we eerlijk zijn: erop vertrouwen dat ze niet zou knappen was een beetje hetzelfde als hopen dat een vulkaan niet zou uitbarsten. We vonden een plekje op de bank aan de achterkant van de bibliotheek en wachtten.

En wachtte.

Er ging een half uur voorbij en net toen ik op het punt stond te ontploffen van puur ongeduld, kwamen ze eindelijk aan. Natuurlijk was hun grootse entree niets minder dan een ramp. "Sorry dat we te laat zijn, maar we zijn verdwaald op het levenspad!" Ryans stem bulderde en Louis grijnsde naast hem. Het was alsof ze speelden alsof ze de clowns van de klas waren, en ik was er al overheen. Mijn humeur ging snel achteruit terwijl ik probeerde de woede die in mij opborrelde tegen te houden. Maar tot mijn verbazing was Leyla kalm, bijna zenuwslopend.

'Oké, je bent nu tenminste hier. Dus laten we beginnen,' zei ze op een vreemd beheerste toon. Ik knipperde ongelovig met mijn ogen; het lukte Leyla eigenlijk om haar hoofd koel te houden? Het leek wel een superkracht of zoiets. Zelfs Ryan leek verbaasd, zijn mond viel open. Maar dat duurde uiteraard niet lang. Hij herwon snel zijn kalmte en schoot terug: 'Oké, evenwichtige Leyla, wat weet jij over de Griekse mythologie?'

Leyla's antwoord kwam snel en ik huiverde. 'In ieder geval meer dan jij, idioot.'

Oh nee, dat zou de zaken zeker niet helpen kalmeren. Het was in ieder geval zoiets als het aansteken van een lucifer in een kamer vol benzine. Ik zag de vonken vliegen voordat ze zelfs maar de grond raakten, en voordat ik iets kon zeggen, was Leyla al aan het opwarmen. Ik moest snel ingrijpen.

'Hoho, kalmeer,' zei ik snel, terwijl ik mijn handen omhoog hield in een vredestekend gebaar. 'Misschien moet onze nieuweling hier ons vertellen wat hij ervan weet.'

Ryan leek niet blij met mijn suggestie en deed onmiddellijk achteruit. 'Zullen we eerst eens wat boeken erover zoeken en dan wat lezen?'

Dat idee beviel me eigenlijk wel. Het was een geweldige manier om iedereen te ontlasten en daadwerkelijk iets gedaan te krijgen. 'Oké, jullie blijven hier,' zei ik, terwijl ik Leyla bij de arm pakte en haar van de bank trok. 'Laten we dan de boeken gaan pakken.'

Het voelde als een kleine overwinning, maar ik hield mezelf niet voor de gek. We bevonden ons nog steeds op het randje, en er was niet veel voor nodig om de zaken weer op gang te brengen. Met een mix van berusting en vastberadenheid gingen we naar de bibliotheekplanken om te vinden wat we nodig hadden. Hoe graag ik het ook wilde toegeven, deze presentatie bleek het minste van mijn zorgen te zijn.

Lodewijk:

Ik wendde me tot Ryan, deze keer een beetje serieuzer. 'Oké, vertel me de waarheid, waarom blijf je Leyla zo neerleggen?' Ik zag hem even aarzelen, terwijl zijn ogen ongemakkelijk flikkerden. "Ze begint er altijd mee!" schoot hij terug, in een poging de vraag af te leiden.

Ik kocht het niet. "Vandaag niet. Vandaag was jij degene die het initiatief nam. Ze zei niets aanstootgevend en probeerde je niet te provoceren. Het ging prima met haar. Maar jij... je hebt haar zonder enige reden als eerste neergehaald. Elke keer dat ze praat, Je zit al in de verdediging. Wat is er met je aan de hand, Ryan?

Ik merkte dat het niet gemakkelijk voor hem was om toe te geven, maar uiteindelijk zuchtte hij diep, bijna verslagen. Na een lange stilte keek hij mij ernstig aan. 'Oké, maar als je dit aan iemand vertelt, zweer ik dat je er spijt van zult krijgen,' waarschuwde hij op ongewoon gespannen toon. Ik knikte alleen maar, omdat ik voelde hoe moeilijk dit voor hem was. "Ik zal geen woord zeggen. Vertel het me gewoon."

Ryan leek even zijn gedachten te ordenen, maar toen kwamen de woorden er verrassend kwetsbaar uit. "Het begon allemaal twee jaar geleden. Ik was 16 en Leyla was 15. Ze was toen niet bepaald het populaire meisje, en ze was een beetje mollig. Wat mij betreft, nou ja, ik behoorde tot de zogenaamde 'elite'. ' publiek. Ik ben altijd van het hoogste niveau geweest, weet je? En Leyla en ik waren beste vrienden. Maar toen begonnen de dingen te veranderen ook, maar niet op de manier zoals ik zou moeten Ik was bang voor wat het voor mijn reputatie zou betekenen als mensen wisten dat we meer dan vrienden waren. Ik bedoel, ik stond erom bekend dat ik met allerlei soorten meisjes omging, en met haar daten zou dat hebben verpest Ik zie er zwak uit. Dus op een dag in de zomer, na school, hadden we het net over onze plannen voor de vakantie. Het schoolplein stond vol met mensen - ons publiek, en het was een groot probleem dat ik zelfs met haar aan het praten was waar iedereen bij is, laat staan dat ze met haar buiten staat.

Nou, ze wilde me vaarwel kussen. En zonder na te denken, duwde ik haar weg. Ik schreeuwde door de hele tuin: 'Ga weg van mij! Alsof ik je ooit zou kussen. Wie zou iemand willen kussen die zo dik is als jij?" Ryans stem haperde terwijl de woorden in de lucht hingen, en ik kon het gewicht zien van wat hij zelfs toen al had gezegd. "Iedereen lachte, inclusief ik. En Leyla, ze... ze rende huilend weg. Ik heb haar nog nooit zo gezien. En sinds dat moment haat ze me, en dat kan ik haar niet kwalijk nemen. Ik heb alles verpest."

Ik was in shock. Ik wilde lachen, maar het was niet grappig. Ik voelde zowel walging als vreemd medelijden met hem. "Wauw. Wat een schok. Het verbaast me niet dat ze je haat", zei ik hoofdschuddend. 'Je hebt het echt verprutst, nietwaar? Dat moet haar van binnen hebben verbrijzeld. En het ergste is dat je waarschijnlijk het beste hebt verpest dat je ooit hebt gehad. Kijk haar nu eens: ze is absoluut prachtig en, ironisch genoeg, maakt ze nu deel uit van van de elitegroep, net als jij."

Ryan staarde me bijna hulpeloos aan en ik kon zien dat een deel van hem er spijt van had. Hij zag eruit als een kind dat zich net had gerealiseerd dat hij zijn eerste echte liefde had verloren. Zijn ogen werden even zacht voordat hij zijn gevoelens snel maskeerde met zijn gebruikelijke arrogantie. De zelfvoldane grijns keerde terug naar zijn gezicht, maar het was duidelijk dat zijn bravoure niet genoeg was om de pijn in zijn ogen te verbergen.

Ik kon het nu zien: de waarheid. "Je houdt nog steeds van haar, nietwaar?" vroeg ik, en een fractie van een seconde zei hij niets. Maar toen liet hij een droog lachje horen, waarbij hij niemand echt kon overtuigen, vooral mij niet. Ik kon het nu vertellen. De manier waarop hij eruitzag – verslagen, alsof hij zojuist de liefde van zijn leven had verloren – vertelde me alles. Maar zoals altijd ging het masker snel weer omhoog. De uitdrukking verdween en hij keek om zich heen met die gebruikelijke eigenwijze grijns, alsof er niets was gebeurd.

Op dat moment kwamen de twee meisjes de kamer binnen. Tot mijn verbazing zag Leyla er absoluut kapot van, haar ogen rood alsof ze had gehuild. Sierra daarentegen keek woedend en haar gezicht vertrok van frustratie. Het zorgde ervoor dat ik nog meer in de war raakte, maar ik wist niet zeker of ik wilde weten wat er tussen hen was gebeurd. Toch was het duidelijk dat de spanning tussen iedereen alleen maar groter was geworden, en de sfeer voelde geladen met onuitgesproken woorden.

Ik keek opnieuw naar Ryan en vroeg me af of hij besefte wat zich voor ons afspeelde. Hij keek me even aan, maar zijn uitdrukking was nu onleesbaar, zijn eerdere kwetsbaarheid werd volledig gemaskeerd door zijn gebruikelijke onverschilligheid.

Sierra:

We liepen naar de planken vol boeken over de Griekse mythologie, en ik kon het niet laten om het aan Leyla te vragen. 'Oké, ik begrijp dat je niet goed overweg kunt met Ryan, maar je hebt me nooit echt verteld waarom. Eerlijk gezegd heb ik altijd het gevoel gehad dat hij je leuk vindt. Elke keer dat je hem nog niet eens hebt opgemerkt, maar hij je al heeft gezien, kijkt hij je aan alsof hij... verliefd is. Dus, wat is er werkelijk aan de hand?"

Dat was toen ze instortte. Ik zette me schrap voor alles, van een woede-uitbarsting tot het feit dat ze me de stille behandeling gaf, maar ik had nooit verwacht dat ze zou gaan huilen. Het was alsof haar zorgvuldig gebouwde muren plotseling waren ingestort. (Alle helden huilen wel eens. Niet omdat ze zwak zijn, maar omdat ze al zo lang sterk zijn…)

Leyla was altijd degene die de boel bij elkaar hield, die alleen maar kracht toonde. Zij was het meisje dat nooit ergens een probleem mee leek te hebben, dus toen ik haar zo zag breken, was ik helemaal van mijn stuk. Ik knielde snel naast haar neer en legde zachtjes mijn hand op haar rug. "Hé, wat is er aan de hand? Heb ik iets verkeerds gezegd? Praat met me, Layla.'

Ze snikte zachtjes, maar het leek alsof ze zichzelf langzaam weer bij elkaar begon te krijgen. Na enkele ogenblikken sprak ze eindelijk, haar stem nauwelijks boven een fluistering uit. 'Oké, ik heb je dit nog nooit verteld. Dat was voordat je hierheen verhuisde. Ik was 15 en Ryan was 16. We waren heel hecht, beste vrienden. Maar toen... begon ik voor hem te vallen. Ik dacht eerlijk gezegd dat hij hetzelfde zou voelen. Maar ik had overgewicht, ik was niet populair, en hij... nou ja, hij was daar precies het tegenovergestelde van. Iedereen kende hem en zijn populariteit groeide. Op een zomermiddag waren we na de les aan het praten, alleen wij tweeën. Ik wilde hem laten zien hoeveel ik om hem gaf. Ik dacht: als ik hem kuste, zou hij het misschien begrijpen. Maar dat was de grootste fout die ik ooit heb gemaakt."

Ze zweeg even en haalde beverig adem, en ik zag de pijn terugkeren in haar ogen. "Ik leunde voorover om hem te kussen, maar hij duwde me gewoon weg. Hij schreeuwde: 'Bah, alsof ik je ooit zou kussen. Elke jongen zou iemand kussen die zo dik is als jij.' Ik denk niet dat ik me ooit in mijn leven meer vernederd heb gevoeld. Iedereen hoorde hem en ze lachten. Hij lachte ook, terwijl ik huilend van het schoolplein weg rende. Hij verontschuldigde zich later, maar hij zei dat hij zich meer zorgen maakte over het hooghouden van zijn reputatie dan over iets anders. Hij verkoos zijn status boven mij."

Ik voelde de zwaarte van haar woorden tot me doordringen. Mijn hart deed pijn voor haar terwijl ze doorging. "Daarna heb ik zijn nummer verwijderd en hem overal geblokkeerd. Ik zei tegen mezelf dat ik klaar was met hem. Maar ik wilde niet dat hij mij zou vergeten, dus begon ik met trainen. Ik at bijna niets, alleen maar om het lichaam te krijgen waar ik altijd van droomde. Ik heb zo hard gewerkt, en toen ik er beter uitzag, dacht ik dat ik hem misschien net zo pijn zou doen als hij mij. Maar elke keer als ik het hem probeerde te laten zien, werkte het gewoon niet. Het maakte niet uit hoeveel ik veranderde, hoe hard ik werkte. Ik was nooit genoeg voor hem.

Maar wat mij het meest vernietigt, is dat ik nog steeds van hem houd. Ondanks alles, ondanks hoeveel pijn hij me heeft gedaan, houd ik nog steeds van hem. Maar ik zou mezelf nooit meer voor hem laten vallen. Dat zou ik nooit meer kunnen meemaken. Ik kan me niet voor de tweede keer door hem laten breken.'

Haar woorden raakten me als een hoop stenen. Ik had geen idee van de pijn die ze met zich meedroeg, en ik kon me de diepte ervan niet eens voorstellen. Een ogenblik was ik gewoon verbijsterd. Ik stond daar, bevroren, mijn mond viel open van shock.

Leyla keek me aan met die droevige ogen van haar, en plotseling had ik het gevoel dat het mijn beurt was om sterk voor haar te zijn. Ik hurkte naast haar neer en veegde zachtjes de tranen van haar wang. 'Leyla, die kerel is je tijd absoluut niet waard. Je bent geweldig zoals je bent. En weet je wat? Je hebt alles voor je. Dus veeg die tranen gewoon weg en houd je hoofd omhoog, oké?

Ze knikte lichtjes, maar ik kon zien dat ze het nog steeds moeilijk had. Ik wist dat als ze nu de confrontatie met Ryan aanging, ze waarschijnlijk opnieuw zou instorten. Dus bedacht ik snel een plan om haar hier doorheen te helpen. 'Hé, ik heb een idee.

Jij gaat nu naar huis, en ik zal het eerste deel van de presentatie met de jongens afhandelen. Als we klaar zijn, kom ik naar je toe en praten we verder. We zullen uitzoeken wat er daarna gebeurt.

Haar gezicht klaarde een beetje op en ze glimlachte zwakjes. 'Zou je dat echt voor mij doen? Je bent de beste vriend die iemand zich kan wensen.'

Ik schonk haar een geruststellende glimlach: 'Natuurlijk zou ik dat doen. Laten we nu wat boeken gaan pakken en deze presentatie regelen.'

Leyla stond op en ik hielp haar een paar boeken over de Griekse mythologie te verzamelen. We liepen terug naar waar Ryan en Louis zaten te wachten, en zodra Ryan zag dat Leyla had gehuild, veranderde zijn uitdrukking. Hij keek haar oprecht bezorgd aan. Even dacht ik bijna dat hij zich zou verontschuldigen of zelfs maar zou vragen wie haar pijn had gedaan. Maar toen kwam zijn gebruikelijke spottende grijns terug, en ik besefte dat hij misschien niet helemaal geen idee had wat hij had gedaan.

Toch was er nu iets anders aan zijn reactie. Misschien, heel misschien, besefte hij wat hij al die tijd verloren had.

Lodewijk:

Sierra plaatste de stapel van ongeveer vijftien boeken voor me en zei: 'Oké, hier zijn de boeken. Leyla voelt zich niet lekker, dus ze gaat naar huis.' Ik knikte en zag dat Leyla er echt verschrikkelijk uitzag. 'Ik ga ook weg als dat goed is. Ik voel me ook niet echt lekker vandaag,' zei Ryan, zijn stem klonk bijna verontschuldigend. Leyla kromp ineen bij zijn woorden, maar zei niets. Sierra slaakte een diepe zucht, duidelijk gefrustreerd maar ook bezorgd. "Oké dan, Louis en ik beginnen vandaag, en later gaan we samen verder", zei ze. Ryan stond op en liep zonder nog een woord te zeggen de bibliotheek uit, zonder zelfs maar de moeite te nemen om afscheid te nemen.

Leyla liep naar Sierra toe, sloeg haar armen stevig om haar heen en haar stem nauwelijks boven een fluistering toen ze zei: 'Dag.' De manier waarop ze het zei deed me beseffen hoe kwetsbaar ze er op dat moment uitzag. Tot nu toe had ik haar alleen maar gezien als iemand die ongelooflijk sterk en onbreekbaar was, en deze glimp van kwetsbaarheid overrompelde me.

'Oké,' zei Sierra, zich weer naar mij wendend, 'ik vind je echt niet leuk, maar we moeten samenwerken, dus ik roep een wapenstilstand af.' Ik trok mijn wenkbrauwen op bij de plotselinge verandering in haar toon. Ze leek zich oprecht zorgen te maken over haar vrienden, maar ik probeerde nog steeds te begrijpen wat er allemaal gebeurde. Haar suggestie van een wapenstilstand leek te gemakkelijk en te snel, maar ik maakte geen ruzie. 'Oké, geen probleem,' antwoordde ik, nog steeds in een poging haar te doorgronden. Er was iets aan haar dat me bekend voorkwam, en het zeurde aan mij. Ik kon niet plaatsen waar ik haar van kende, maar ze voelde als iemand die ik zou moeten herkennen.

Ze zag dat ik naar haar staarde, en even had ik het gevoel dat ze precies wist wat ik dacht. De intensiteit van haar blik maakte de verwarring alleen maar groter, maar ik keek snel weg en dwong mezelf om me op de taak te concentreren. Ik pakte het eerste boek voor me op en maakte het open, zonder echt op de woorden op de pagina te letten. Sierra leek hetzelfde te doen en bladerde met dezelfde afgeleide blik door haar boek.

Uiteindelijk kon ik niet langer stil blijven. 'Wat is er met Leyla gebeurd? Ze zag er absoluut kapot uit,' vroeg ik, terwijl mijn nieuwsgierigheid de overhand kreeg. Sierra keek me even aan met berekenende ogen, alsof ze aan het beslissen was of ze mij de waarheid wel of niet zou toevertrouwen. 'Nou, het is niet de bedoeling dat ik dit zeg, en eerlijk gezegd vertrouw ik je niet, maar het heeft iets te maken met je nieuwe beste vriend Ryan.'

Het drong meteen tot me door: Sierra wist niets van de vernedering die Ryan Leyla had aangedaan. Ik was echter niet verrast; ze leek te buitengesloten. Ik knikte langzaam en liet haar weten dat ik op de hoogte was van de situatie. 'O, oké, nu begrijp ik het. Ryan heeft me eerder zoiets verteld,' zei ik, in een poging de situatie informeel te houden. Maar Sierra's reactie overrompelde me.

Haar gezicht vertrok van woede en het leek alsof ze met haar blik iets in brand wilde steken. 'Wacht, wat heeft hij gedaan? Heeft hij er echt over opgeschept?' Haar stem was doorspekt met woede, maar ze onderdrukte die snel. "Leyla is de beste persoon die ik ken, en ik wil Ryan gewoon in het gezicht slaan voor wat hij haar heeft aangedaan."

Ik leunde iets achterover, mijn uitdrukking onverschillig, maar sprak toen om de zaken te verduidelijken. 'Ik heb gezworen dat ik dit aan niemand zou vertellen, maar ja, Ryan schepte er wel over op. Hij kon er niet over ophouden erover te praten. Het is een puinhoop, maar...' Ik zweeg, terwijl ik de zwaarte van de situatie voelde.

Sierra's ogen werden groot van ongeloof. "Heeft hij dat niet gedaan?"

Ik schudde langzaam mijn hoofd. "Nee, zeker niet, maar op dit moment denk ik dat we ons moeten concentreren op de presentatie. Dat is op dit moment het allerbelangrijkste."

Zodra ik het zei, besefte ik hoe absurd het klonk. De presentatie was op dat moment het laatste waar ik om gaf, maar het was een goede manier om van onderwerp te veranderen, vooral als Sierra zich er net zo verveeld door leek als ik. Ik pakte het boek weer op en deed alsof ik las, maar ik kon zien dat Sierra's ogen naar mijn lippen dwaalden. Als meisjes naar de lippen van een man kijken, denken ze meestal aan hoe het zou zijn om hem te kussen. Een ondeugende grijns verspreidde zich over mijn gezicht terwijl ik geamuseerd achterover in mijn stoel leunde.

Laat de spellen beginnen.

Sierra:

Ik merkte dat mijn blik op zijn lippen gericht was terwijl hij moeite had om zich op het boek voor hem te concentreren. Zijn lippen waren vol en mooi gevormd, en ik kon het niet laten om me voor te stellen hoe het zou voelen als ze langs de mijne zouden strijken en dan langzaam langs mijn nek naar beneden zouden glijden. Midden in deze gedachten sprak de jongen met de verleidelijke lippen plotseling, waardoor mijn mijmering werd doorbroken. "Denk je erover om mij te kussen?" vroeg hij met een brede en wetende grijns.

Ik verstijfde, mijn hart klopte, gevangen in het moment. Ik was niet van plan toe te geven wat ik dacht, dus probeerde ik het kalm te houden, ook al verraadde mijn stem me enigszins. "Nee, hoe kom je daar op?" Stamelde ik, nog steeds een beetje verbaasd.

Hij liet zijn grijns niet vallen, zich er duidelijk van bewust hoe goed hij gelijk had. 'Nou, je zat zo lang naar mijn lippen te staren. Nooit echt een goede kus gehad? Wil je zien hoe een echte voelt?

Ik kon nauwelijks geloven wat ik hoorde. Natuurlijk had hij gelijk: ik had nog nooit zoiets meegemaakt dat in de buurt kwam van een geweldige kus. Natuurlijk had ik al eerder mensen gekust, maar de meeste daarvan waren vergeetbaar, sommige ronduit ongemakkelijk. Maar ik kon hem dat op geen enkele manier vertellen. Ik was niet van plan hem die voldoening te geven. 'Maar ik heb er al eerder een gehad, en nee, dat wil ik niet,' antwoordde ik snel, hoewel ik aan zijn glimlach kon zien dat hij hem niet geloofde.

Zijn grijns werd alleen maar breder en zijn zelfvertrouwen groeide. "Alsof. Maar ik vind het niet erg om je te laten zien hoe het moet,' zei hij, naar voren leunend. Ik voelde mijn lichaam verstijven, bevroren op zijn plek. Zijn gezicht was nu slechts enkele centimeters van het mijne verwijderd en ik kon de intensiteit in zijn ijsblauwe ogen zien. Heel even dacht ik dat ik daar een flits van verlangen zag, maar net zo snel was het weer verdwenen. Toch bleef zijn hoofd dichtbij, en ik voelde zijn warme adem op mijn lippen, zijn nabijheid om me heen, waardoor het moeilijk werd om helder na te denken.

Op dat moment was de verleiding om naar voren te leunen en hem te kussen overweldigend. Maar dat kon ik mezelf niet laten doen. Niet nu, niet wanneer het alles wat hij dacht alleen maar zou bevestigen. Die voldoening kon ik hem niet geven. Dus legde ik mijn hand op zijn borst, voelde de kracht van zijn spieren onder mijn vingers, en duwde hem zachtjes terug.

Hij trok zich iets terug en grijnsde triomfantelijk alsof hij mij al door had. Hij had het verlangen willen aanwakkeren, mijn grenzen willen testen, en dat is hij goed gelukt. We gingen allebei weer rustig aan het werk, maar mijn gedachten bleven maar racen. Ik vroeg me af of hij nog wist wie ik was, of hij zich iets van vroeger over mij herinnerde. De manier waarop hij naar mij keek, suggereerde dat hij geen idee had, en dat gaf mij een opening.

"Weet je eigenlijk wie ik ben?" vroeg ik terloops, in een poging de nieuwsgierigheid in mijn stem te verbergen. Hij keek mij aan, met een verwarde blik in zijn ogen. 'Hmm, ja, jij bent Sierra,' zei hij, hoewel zijn toon niet helemaal zelfverzekerd was.

Ik trok een wenkbrauw op en drukte verder. 'Ja, maar ik ken je al een tijdje. We hebben elkaar ontmoet voordat jij naar deze school kwam.' Hij fronste zijn voorhoofd en probeerde zich duidelijk iets te herinneren van onze eerdere ontmoeting, maar er leek niets te klikken. Hij had het moeilijk, dus besloot ik hem een hint te geven. "Welke kleuren hebben jouw scooters?" ' zei ik met een speelse grijns, wetende dat dit zijn geheugen zou opfrissen.

Een ogenblik leek hij volkomen verloren. Maar toen gleed er een flikkering van herkenning over zijn gezicht, gevolgd door een uitdrukking van besef. "O, shit! Daarom kwam je je zo bekend voor! Ik wist dat ik je kende!'

Ik kon het niet helpen: ik liet een kleine, bijna stille lach horen. Het had hem lang genoeg geduurd. 'Het heeft lang genoeg geduurd,' plaagde ik en lachte opnieuw.

Hij lachte mee en schudde zijn hoofd. 'Ja, ja, voel je vrij om me voor de gek te houden,' zei hij, nog steeds grijnzend. 'Maar goed, je hebt me toen gered. Ik dacht dat je zou gaan fluiten, maar dat deed je niet. Je had me er slecht uit kunnen laten zien, maar dat heb je niet gedaan.

Ik gaf hem een neppruillip, hoewel ik nog steeds lachte. "O, wat lief. Waardeer je het? Laat je niet meeslepen. Ik heb nog wel wat connecties."

Toen viel ik op de grond, mijn maag deed pijn van het zo hard lachen. Louis was ook van de bank gegleden en zat nu naast me op de grond, trillend van het lachen. "Oh, mag ik dat opvatten als een hint dat je mij schattig vindt?" vroeg hij, zijn stem doorspekt van geamuseerd.

Ik grijnsde en probeerde nog steeds op adem te komen. 'Dat heb ik nooit gezegd,' antwoordde ik, maar de glimlach op mijn gezicht verraadde me.

Louis boog zich dichterbij, zijn grijns verdween nooit. "Daar kan ik mee leven. Maar je bent belachelijk lief, en dat wist ik toen al. Ik kon het gewoon niet zeggen in het bijzijn van de politie,' zei hij, en zijn stem zakte naar een laag, plagend gefluister.

Voordat ik het wist, was zijn gezicht weer een paar centimeter van het mijne verwijderd en voelde ik de hitte tussen ons stijgen. Zijn lippen zweefden net boven de mijne, en voor het eerst duwde ik hem niet weg. Ik kon het niet. Elk deel van mij schreeuwde om de afstand te overbruggen, om zijn lippen op de mijne te voelen. Maar ik was bevroren, gevangen tussen de hitte van het moment en de angst voor wat het zou betekenen. Hij bracht zijn lippen naar de mijne en ik had geen andere keuze dan hem dat toe te laten.

Lodewijk:

Ik kuste het meisje waar ik al zo lang aan dacht. Ik had haar nooit kunnen vergeten. Vanaf het moment dat we elkaar voor het eerst kruisten, leek ze in mijn gedachten verankerd te raken. Het voelde alsof haar beeld in mijn hersenen was gebrand en er was geen ontkomen aan. Ik begon elke dag met gedachten aan haar. Ik kon het niet van me afschudden, hoe ik ook probeerde die gevoelens weg te duwen. Maar ik moest ze onderdrukken, en lange tijd heb ik ze diep van binnen begraven. Nu was ze daar weer, vlak voor mij. Hoe vaak had ik me voorgesteld hoe het zou zijn om haar te kussen? De gedachte was eindeloos in mijn hoofd blijven hangen en had fantasieën en verlangens aangewakkerd. Maar zelfs nu wist ik dat ik mezelf niet te veel kon laten voelen. Als ik mezelf volledig voor haar zou laten vallen, alles met elke vezel van mijn wezen zou voelen, zou ik regelrecht de chaos in lopen. Het laatste wat ik wilde was mezelf openstellen voor nog meer complicaties. Was het het waard? Ik wist het niet zeker. Maar op dit moment kon ik het niet verdragen om het met iemand anders te delen. Het was de mijne.

In eerste instantie was de kus voorlopig. Ik wist niet zeker hoe ze zou reageren: hoeveel ze zou toegeven, hoeveel ze zou terugtrekken. Maar toen ik voelde dat ze reageerde en haar lichaam zich in het mijne ontspande, werd ik brutaler. Mijn lippen bewogen nog dringender tegen de hare, en haar handen – de ene op mijn rug, de andere in mijn haar – moedigden me aan om dieper te gaan. Ik voelde de intensiteit tussen ons stijgen, en even vroeg ik me af of ik daar in de bibliotheek verder kon gaan. Maar ik hield het snel in. Ik kon op geen enkele manier de controle verliezen. Niet hier. Niet nu.

Ik trok me langzaam terug en verbrak met tegenzin de kus. Mijn lichaam stond in brand en mijn hart klopte in mijn borst, maar ik moest mezelf in bedwang houden. Ik stond op en probeerde het snelle stijgen en dalen van mijn adem te verbergen. Ik opende mijn ogen en merkte dat de hare al op de mijne gericht was, een flikkering van warmte en iets diepers in haar blik. Het was een gevoel dat ik nog nooit eerder had ervaren, en het deed mijn binnenste kronkelen. Het laatste wat ik wilde was dat ik me zo zou voelen. Het maakte me meer bang dan ik wilde toegeven. Ik kon niet verliefd op haar worden. Ik weigerde.

Ik schudde mijn hoofd en probeerde de overweldigende emoties die door mijn hoofd stroomden weg te duwen. Ik moest mezelf eraan herinneren dat ze niets meer was dan een weddenschap. Gewoon een uitdaging, meer niet. Dat was alles wat ze was. En toch, toen ik haar weer aankeek, kon ik de pijn in mijn borst niet ontkennen. Ze was zoveel meer dan ik mezelf had toegestaan te beseffen.

'Oké, ik denk dat we er een einde aan moeten maken met de presentatie,' zei Sierra glimlachend naar me. Ik knikte stijfjes en probeerde mijn emoties onder controle te houden. Ze is maar een weddenschap. Het is maar een weddenschap, hield ik mezelf voor. Maar mijn stem verraadde me toen ik eraan toevoegde: 'Wat hier net is gebeurd, betekent niets. Helemaal niets.' Ik wist niet zeker wie ik probeerde te overtuigen; de woorden voelden hol aan, zelfs toen ik ze uitsprak. Vanuit mijn ooghoeken zag ik haar teleurstelling over haar gezicht flitsen, en het deed meer pijn dan ik had verwacht.

'Ik had natuurlijk niet anders verwacht,' antwoordde ze, en haar stem kreeg een scherper randje. 'Maar ik betwijfel of dat mijn beste kus was.'

Ik kon het niet laten om te grijnzen. Het leek erop dat ze al was teruggekeerd naar haar gebruikelijke zelf, haar zelfvertrouwen intact. 'Nou, Mia Bella, ik denk dat je er misschien nog steeds een beetje verdwaasd van bent, maar maak je geen zorgen, ik heb nog meer te bieden.' Ik kon het niet laten om er een plagend tintje aan toe te voegen. 'Oké, ciao bella, dan ga ik weg. Oh, en vergeet niet af te sluiten,' zei ik, terwijl ik naar de deur liep.

Op het moment dat ik naar buiten stapte, voelde ik het gewicht van mijn schouders vallen. Voor het eerst in lange tijd glimlachte ik. Een oprechte glimlach. Het was niet alleen omdat ik op dat moment het beste uit haar had gehaald. Nee, het was meer dan dat. Voor het eerst sinds een tijdje voelde ik iets puurs en echts. Iets wat ik niet kon negeren, ook al probeerde ik het.

Sierra:

Zodra Louis de deur uit was, viel ik opnieuw op de grond. Oh god, wat had ik net gedaan? De droom die ik voor altijd in mijn hoofd had gespeeld, was tot leven gekomen, en niet op de manier die ik had verwacht. Ik had Louis gekust, de enige persoon aan wie ik al zo lang niet kon stoppen met denken. De kus was alles en niets tegelijk geweest. Het was alles wat ik me had voorgesteld, en toch zoveel intenser, zoveel reëler dan ik ooit had durven hopen. De haast, de elektriciteit tussen ons... Het was bijna te veel.

En toch, terwijl zijn woorden in mijn oren bleven hangen, keerde een klein deel van mij terug naar de realiteit. 'Het betekent niets,' had hij gezegd, en om de een of andere reden was dat het enige waardoor ik weer op de aarde terechtkwam. Het was een reality check, maar wel een broodnodige. Hij had gelijk. Ik had nog nooit zo'n kus gehad. Maar dat wilde ik hem niet toegeven. Ik wilde niet dat hij wist hoe volledig ik de controle had verloren op dat moment. De manier waarop hij me had gekust, de manier waarop hij me het gevoel had gegeven dat ik in hem kon versmelten – het was alles waar ik van had gedroomd en meer.

Het probleem? Het maakte mij bang. Het feit dat ik zo onzorgvuldig was geweest, zo bereid om mezelf zonder nadenken aan hem te geven, liet een rilling over mijn rug lopen. Hij was weggetrokken, duidelijk een beetje buiten adem. Ik haatte het hoeveel ik hem binnen had gelaten. En toch kon ik het gevoel niet van me afschudden. Mijn hart klopte nog steeds en ik kon niet beslissen of ik hem weer naar binnen wilde trekken of wegduwen. Maar nee, ik moest hem haten. Ik moest mezelf eraan herinneren dat vallen voor hem het domste zou zijn wat ik kon doen. Het was maar een kus, een weddenschap. Niets meer. En dat moest ik in gedachten houden.

De volgende dag werd ik wakker met een vreemd gevoel van kalmte, een gevoel van helderheid dat ik niet had verwacht. Ik verliet het huis met een beter gevoel en probeerde de aanhoudende hitte van gisteravond van me af te schudden. Toen ik naar buiten stapte, stond mijn neef, zoals gewoonlijk, op mij te wachten met zijn scooter. Hij had deze manier om me uit mijn hoofd te trekken toen ik dat het meest nodig had. Het weer was perfect en de zon begon achter de wolken te schijnen. Ik sprong achterop zijn scooter en we reden richting school, de wind door mijn haar.

Toen we de parkeerplaats opreden, zag ik Leyla naar me toe lopen, haar zwarte krullende haar wapperend in de wind. Ze zag eruit als een model of een filmster, haar gezicht gloeide in de ochtendzon. Maar de glimlach die gewoonlijk om haar lippen speelde, was nergens te bekennen. In plaats daarvan had ze een koude uitdrukking, alsof iets haar dwarszat. Ik kon al zien dat ze zich opmaakte voor een soort inzinking na de gebeurtenissen van gisteren.

Ze begroette me met een warme glimlach, maar haar ogen verraden iets diepers. 'Weet je, je ziet eruit als een filmster als je je helm afzet,' plaagde ze op zachte, maar veelzeggende toon. "Heb je je extra leuk gekleed vandaag? Wat is er gisteren gebeurd? Heb je geheimen voor mij?"

Ik kon het niet laten om te grijnzen. Natuurlijk had ik me een beetje aangekleed, maar ik was niet van plan de waarheid over de kus tussen mij en Louis te verklappen. Dat was voor mij iets om op slot te houden. 'Ik wilde er gewoon leuk uitzien,' antwoordde ik, terwijl ik het terloops van me af veegde. Leyla trok een wenkbrauw op, duidelijk niet overtuigd, maar ze liet die wegglijden.

Ondertussen stond mijn neef nog steeds achter me, en Leyla gaf hem al een knuffel, een van die speelse, vriendelijke knuffels die eeuwig leken te duren. Ze had dit effect op mensen. Mijn neef Lucas en zijn vrienden verdrongen zich allemaal om haar heen, in een poging een stukje van haar aandacht te trekken, en zij gaf die vriendelijk aan hen. Ik zag ze met elkaar omgaan, terwijl er een beetje geamuseerd aan mijn mondhoeken trok. Lucas was nu de koning van de school, met Leyla aan zijn zijde, en iedereen was jaloers op hem. Het was vreemd om te zien, maar ik kon niet ontkennen dat ik een beetje trots op hem was.

Plotseling sneed het gebrul van twee motorfietsen door de lucht en mijn maag draaide zich om. Ik wist precies wie het was. De 'slechte jongens' van de klas kwamen binnen. Louis en Ryan. Ik kon de motorfietsen al horen toeren, de een luider dan de ander. Terwijl ze de parkeerplaatsen opreden en hun motoren uitvielen, leek het hele gezelschap de adem in te houden. Natuurlijk verzamelden de meisjes zich meteen, hun ogen strak op de jongens gericht terwijl ze hun helmen afzetten, elke beweging overdreven alsof ze deel uitmaakten van een grootse voorstelling.

Leyla en ik wisselden een blik uit, meer uit lichte walging dan uit iets anders. Ik was niet geïnteresseerd in de show, maar ik voelde het gewicht van ieders ogen op ons gericht. Zelfs na alles met Louis probeerde ik nog steeds enige afstand te bewaren, nog steeds een beetje controle over mezelf te houden. Ik was niet van plan om ze te laten zien dat ik getroffen was.

Ryan en Louis kwamen naar ons toe, geflankeerd door hun vrienden, zoals altijd. We stonden midden tussen de 'elitejongens', degenen die iedereen leek te aanbidden. Toen Louis' ogen de mijne ontmoetten, voelde ik die vertrouwde vonk, die elektrische verbinding die ik niet kon afschudden. Maar ik heb ertegen gevochten. Hij glimlachte naar me, en ik kon het niet laten om terug te glimlachen, ook al wist ik dat het geen goed idee was.

Leyla beantwoordde Ryans glimlach echter niet. Sterker nog, ze herkende hem nauwelijks en haar blik sneed langs hem heen alsof hij onzichtbaar was. Het vormde zo'n scherp contrast met de gebruikelijke dynamiek tussen hen, en ik kon het niet helpen haar erom te bewonderen. Op dat moment ging de bel, en het was als een teken dat ons kleine optreden op het punt stond te beginnen.

Met een veelbetekenende grijns keek ik naar Leyla, en ze knikte terug. We duwden de scooter van mijn neef af en liepen naar de ingang, waarbij elke stap doelgericht was. We wisten dat alle ogen op ons gericht waren, zowel de jongens als de meisjes. Maar we hadden een plan en dat gingen we feilloos uitvoeren. We gingen ze laten zien wat ze verloren hadden.

Toen we de ingang naderden, stonden er een paar leraren in opleiding bij de deuren, om er zeker van te zijn dat niemand aangestoken sigaretten meebracht. Ik kon zien hoe de meisjes naar hen keken, ogen vol verlangen. De deuren gingen nooit voor ons open, tenzij we indruk maakten. Dus liepen Leyla en ik naar de deur en schudden onze heupen net iets meer dan normaal. Leyla liet een van haar kenmerkende glimlachen zien, het soort dat ieders hart kon doen smelten, en inderdaad, de stagiair opende zonder aarzeling de deur voor haar. Ik volgde mijn voorbeeld op mijn zij en de deur zwaaide open.

We liepen naar binnen, wetende dat we onze stempel hadden gedrukt. We waren niet zomaar door de deur gelopen, we waren met vertrouwen en kracht naar binnen gegaan. Ik hoopte alleen dat het de impact had gemaakt die we bedoelden.

Lodewijk:

Dat had ik nooit verwacht. Sierra leek in zekere zin te pronken met haar aantrekkingskracht, alsof ze me liet zien hoe lekker ze was en hoe gemakkelijk ze iemand kon krijgen. Nou, ze is er zeker in geslaagd dat duidelijk te maken. Ik kon het niet laten om naar Ryan te kijken, die eruitzag alsof hij de hele tijd mentaal met zijn hoofd tegen de muur sloeg. Uiteindelijk ontmoette hij mijn blik, zijn gezicht vertrokken van woede terwijl hij mompelde: 'Hoe stom kun je zijn? Ik heb het gevoel dat ik op het punt sta iets te breken, bij voorkeur mijn hoofd.' Ik grijnsde en vond het moment enigszins grappig. 'Hé, doe dat niet, misschien heb je het wel nodig. Zelfs als het behoorlijk stom was wat je met Leyla deed,' plaagde ik terwijl ik hem porde.

Hij raakte zichtbaar geïrriteerd. "Ja, ja, ik weet dat je het heerlijk vindt om het in mijn gezicht te wrijven, maar genoeg is genoeg. Misschien moet ik haar gewoon vergeten, uitgaan en feesten, en gewoon met een willekeurig meisje naar bed gaan."

"Weet je zeker dat dat een goed idee is?" vroeg ik, onzeker over zijn logica. "Ik weet het niet, kerel."

'Je bent bij mij of je bent niet, maar ik ga zeker,' zei hij op vastberaden toon.

Nou, ik kon die logica niet tegenspreken. Het was duidelijk dat als het niet naar zijn zin zou gaan, hij gewoon weer zou uithalen. Ik dacht dat afleiding zou helpen, dus haalde ik mijn schouders op. 'Oké, ik kom wel. Een tijdje weg van Sierra en school klinkt als precies wat ik nodig heb.'

Daarmee zijn we naar de geschiedenisles gegaan. Zodra we binnenkwamen, snauwde meneer Mittermaier, die al in een slecht humeur was, naar de eerste persoon die hij zag: een meisje dat vooraan zat. Het maakte me niet zoveel uit wie het was; mijn gedachten waren ergens anders.

Toen Ryan en ik gingen zitten, zag ik dat Leyla en Sierra al op hun plek waren gaan zitten. Sierra zat daar, zo mooi als altijd, maar het was niet alleen haar fysieke verschijning die mijn aandacht trok. Haar blonde haar — natuurlijk blond, niet dat nep, overdreven geblondeerde spul — glinsterde in het zonlicht dat door het raam naar binnen scheen. Plotseling draaide ze zich om en onze ogen keken elkaar aan. Haar lichtblauwe ogen waren fascinerend, alsof ik mezelf er voor altijd in kon verliezen. Haar lippen krulden zich in een speelse glimlach en ik had het gevoel dat ik haar opnieuw kon kussen, herhaaldelijk. Maar zodra ze een wenkbrauw naar me optrok, keerde ik terug naar de realiteit. Nee, dit kon ik niet laten gebeuren. Voor haar vallen zou alleen maar meer complicaties met zich meebrengen. Ik kon me niet zwak laten maken door gevoelens, vooral nu.

De rest van de schooldag was een waas. Ik kon me nergens op concentreren. Ik wist dat ik ermee moest stoppen en me opnieuw moest concentreren op de belangrijke dingen: mijn gezin en de weddenschap.

Sierra was slechts een afleiding, een weddenschap, meer niet. Ik kon me niet nog meer in emoties laten meeslepen. Gevoelens maakten je zacht en kwetsbaar, en dat is het laatste wat ik me nu kon veroorloven.

Toen de laatste bel ging, pakte ik mijn spullen en rende naar mijn auto. Het was niet veel om naar te kijken – het was gewoon een oude junker – maar het werkte. Het eerste wat ik deed was naar de school van mijn zusje gaan om haar op te halen. Toen ik de parkeerplaats van de school opreed, zag ik haar bij de poort staan, omringd door haar vrienden, lachend. Ze was gelukkig, en dat was het enige dat telde.

Ze zag me meteen en haar gezicht klaarde op. Ze zwaaide naar haar vrienden en rende naar mij toe. Ik nam haar in mijn armen, draaide haar twee keer rond voordat ik haar zachtjes neerlegde. Ze glimlachte van oor tot oor. "Hallo Louis! Weet je wat? Ik heb een baan terug!" zei ze opgewonden.

Ik grinnikte, "Oh echt? Heb je eindelijk die 'zes'?"

Ze lachte: 'Nee, niet helemaal. Meer een zes van achteren... Een één dus!' schreeuwde ze van vreugde.

Ik lachte ook en vroeg: 'En wat voor onderwerp was dat?'

'Mijn wiskundeleraar zegt dat ik te slim ben voor dit niveau,' zei ze met een grijns van oor tot oor.

Ik kon het niet laten om terug naar haar te glimlachen. Kiara was alles wat ik wenste dat ik kon zijn: sterk, slim en vol vreugde. Ze leek precies op mij, behalve met bruine ogen. Ik had altijd geweten dat ze een klas kon overslaan, maar dat wilde ik niet voor haar. Ze moest in deze klas blijven en genieten van haar jeugd, ondanks de uitdagingen thuis.

Nadat we haar spullen hadden gepakt, gingen we naar de sporthal om mijn broertje Nico op te halen van zijn voetbalwedstrijd. We vingen alleen de laatste twee minuten, maar dat deed er niet toe. Kiara hield niet van voetbal, maar ik vond het leuk om naar Nico te kijken. Hij speelde zijn eerste echte wedstrijd en ik kon het niet missen. Toen we de sportschool binnenkwamen, zag ik dat enkele andere ouders, vooral een paar jonge moeders, me lang aankeken. Ik heb er geen rekening mee gehouden. Ik was hier voor mijn broer.

Nico zag mij vanaf de andere kant van het veld. Zodra hij mij zag, verscheen er een brede grijns op zijn gezicht. Hij pakte de bal van een tegenstander en stormde richting doel. Hij was snel, geconcentreerd en vastberaden. Vlak voordat hij het doel bereikte, schoot hij de bal met alles wat hij had. Het zeilde langs de doelman het net in. Zijn team juichte en Nico rende naar mij toe en riep: "Heb je dat gezien? Heb je gezien hoe de bal in het net vloog? Hij was niet te stoppen!"

Ik glimlachte, maar mijn gedachten waren er niet helemaal bij. De vreugde van mijn kleine broertje, zijn opwinding: het deed me allemaal denken aan de tijd dat alles eenvoudiger was, voordat mijn moeder overleed. Sinds haar dood was het een voortdurende strijd geweest om die warmte in ons huis te behouden. Maar toen ik Nico zo vol leven en zo zorgeloos zag, voelde ik iets wat ik al heel lang niet meer had gevoeld.

Voordat ik nog iets kon zeggen, gaf Nico me een lichte stomp in mijn maag, pakte mijn arm vast en sleepte me naar een kleine jongen met zwart haar en blauwe ogen. "Louis, dit is mijn nieuwe vriend Jack! Hij zit in mijn klas en hij is geweldig in voetbal, net als ik!" Nico barstte bijna van trots toen hij mij aan Jack voorstelde.

Ik keek naar Jack, die me grijnsde. "Hé Louis, ik heb een doelpunt gescoord, maar jij was er niet om het te zien", zei hij.

Ik grinnikte: "Ik wou dat ik het had kunnen zien. Klinkt alsof je een natuurtalent bent."

Net toen ik meer wilde zeggen, hoorde ik een bekende stem.

Op dat moment voelde ik mijn maag samentrekken en ik wist precies wie het was.

HET EINDE